Der Goethe des west östlichen Divans

Oskar Loerke

Als das Schicksal es wollte, mußte Mahomet, der Prophet, fliehen, und von dem Jahre seiner Hegire aus Mekka nach Medina begannen die Völker, die ihm anhingen, ihre Zeit zu zählen. Der Erinnerung an diese Flucht entnimmt Goethe, als er sich, von einem schicksalsgleichen Drange bestimmt, 1814 und dann nochmals 1815 in die Heimat des Rhein- und Mainlandes aufmacht, ein Gleichnis. Fast ein Jahrzehnt lang hatte Waffenlärm, aufdringlich in der Nähe, lästig noch aus der Ferne, ihn gequält. Die Bedrückung durch den Krieg drückte ihn tiefer als die Niederlagen, die Befreiung vom Kriege machte ihn freier als die Siege. Nun ihn niemand hinderte und verfolgte, wie mochte er da noch fliehen? Begab er sich nicht auf eine heitere Hegire mit langen Aufenthalten in Gemäldesammlungen, in Weingefilden, bei befreundeten und geliebten Menschen? Mit den Füßen brachte er einen kleinen Raum hinter sich, im Geiste einen gewaltig weiten. Die geistige Reise hatte ihn an so ferne Ziele zu entführen, daß ihrer Eile und Entschiedenheit der Name Flucht wohl anstand. Seine Umwelt war runzlig und rissig geworden vor Gram, Sorgen, kurzsichtigen fanatischen Notgedanken und allzu genügsamen Befriedigungen. Er hatte eine seinen Instinkten widrige, aber vom Dämon der Staatengeschichte verhängte Politik abzuschütteln, er hatte sich der Nähe des düsteren, fratzenhaften Wahnsinns zu entziehen, den er im Geistesleben seiner Zeit an Macht zunehmen sah. Und auch dem eigenen Altern mußte er entrinnen, das er wahrnahm, weil die Gewalten der Verjüngung in ihm bereits klar am Werke waren.

So trug ihn sein Genius freundlich zu den Anfängen, von denen her die Menschen und Dinge ihre Zeit zählen, wo das Verfälschte noch richtig, das Verworrene noch einfach, das Müde noch frisch ist. Die seit siebzehn Jahren nicht mehr betretene Vaterstadt wurde zum Orte, in dem für ihn selbst die Urzeit der Welt anbrach. Liebe, wie sie ihn auf der Gerbermühle bei Frankfurt an Marianne von Willemer band, ist immer ein Anfang. Das Licht, das sich im heiteren oder heroischen Regenbogenbilde über dem Haupte des Wanderers spiegelt, erneuert sich alle Tage. Die Steine, die der Dichter in den heimischen Gegenden beklopft, erzählen von der Jugend der Erde. In allen Bäumen, die ihn überdachen, verbirgt und offenbart sich die Urpflanze. Jeder Fluß enthält das Wesen aller Flüsse: Der Main darf einmal Euphrat heißen. Im Nahen verwirklicht sich Fernes, im Gegenwärtigen lebt Vergangenes. Die in Morgennebeln liegenden bunten Mohnfelder bei Erfurt täuschen Zelte eines Wesires vor. Die Wartburglandschaft, wohin Goethe einst Herzog Karl August zur Jagd begleitete, duftet wie vor alters. »Nun die Wälder ewig sprossen, So ermutigt euch mit diesen, Was ihr sonst für euch genossen, Läßt in andern sich genießen. Niemand wird's uns dann beschreien, Daß wir's uns alleine gönnen; Nun in allen Lebensreihen Müsset ihr genießen können.« Oder, wunderbar rein und groß, darf die Geliebte die Besorgnis vor dem Altern von sich abtun: »Liebt Gott in mir, vor ihm steht alles ewig.« Was gültig ist, gilt der Idee nach überall und jederzeit.

Die gereifte Fähigkeit zu dieser wahren und großartigen Perspektive hat einen Hauptanteil an der Entstehung des »westöstlichen Divans« als eines künstlerischen Grundwerkes der Menschheit. Wer ihn als ein Spiel der Vermummung nimmt, das Gesicht Hatems wie eine vorgebundene Larve auf dem Antlitz Goethes und die Locken Suleikas wie eine Perücke auf den Haaren Mariannes von Willemer sieht, der müßte auch die »Iphigenie« oder den »Faust« als Maskenspiele nehmen. Der Begriff des Lyrischen ist gegen frühere Zeitläufte ungeheuer erweitert. Viele einzelne Stücke leben vom zyklischen Komplex her. Der epische Kern, der sich in aller lebensstarken Lyrik findet, woher und von wann sie auch stamme, hat gegenüber der früheren künstlerischen Gepflogenheit eine Ortsverlagerung erfahren. Er ist in den Divangedichten nicht so nah an der Oberfläche wie in balladenhaften und sonstigen mehr erzählenden Gebilden, nicht so eingesenkt und verborgen wie in Liedern, Hymnen und gesungenen Gefühlsbekenntnissen überhaupt. Doch entfaltet er sich unvermutet stark ins

Dramatische, knapp ins Betrachtende, Parabolische, rasch ins Ironische, Angreiferische, und selbst wenn er zum seligen, klagenden, schwärmenden Liede wird, so aus einer anderen Erlebnisgegend her als der, von wo man vordem den Ansatz der Sängerstimme zu hören gewohnt war. Hätte früher ein Gedichtbuch einen Schutzgeist besessen, zu dem es sich bekannte, den es anrief, wie dieses seinen großen Schutzgeist in Hafis besitzt, so würde das Verhältnis des Verfassers zu ihm anders gewesen sein, als es hier ist: Hafis ist in Goethe eingewandert, Goethe in Hafis; sie strömen, einer im anderen, unbefangen gleichberechtigte Klänge aus, gleichberechtigte Bilder, ganze Gestalten und Landschaften. Um Hafis baut sich ein Orient nach Goethescher Weise auf, und der Perser scheint Goethes Abendland zu kennen und zu billigen. Wie Goethe in mehrfacher Gestalt durch das Buch zu ziehen scheint, als deutscher Dichter und als morgenländischer Kaufmann durch viele Lande unterwegs, als Christ und Muselman, als Schüler der Griechen und Parsen, so ist Hafis als Sänger, Besungener und Betrachteter vorhanden. »Herrlich ist der Orient Übers Mittelmeer gedrungen, Und wer Hafis liebt und kennt, Weiß, was Calderon gesungen.« Wie im »Faust« aus dem Streite des negativen und positiven Prinzips das All aufschwebt, so entsteht im Divan aus den beiden urtümlich angeschauten Hälften Abendland und Morgenland die Welt. Das scheinbare Verhüllen mit Bild und Figur ist in Wirklichkeit ein Demaskieren. Nur ist es nicht verstattet, die aus gewaltiger Natur aufgestiegene Einheit zu zersplittern, um sie sich zu eigen zu gewinnen. Der Divan ist nur als »weltöstlicher« Divan existent, oder er bleibt unsichtbar. Er lebt sein stolzes Wort vor:

»*Wer nicht von dreitausend Jahren*
Sich weiß Rechenschaft zu geben.
Bleib' im Dunklen unerfahren.
Mag von Tag zu Tage leben.«

Er ist eine Rechenschaft im Hellen. Sein Stolz ist, sich vieltausendjährig zu geben; er läßt die Überlieferungen des Weisesten, Wirklichen, Echten bestehen, ohne sie anzutasten und für den Gebrauch täglicher, alltäglicher Zwecke zu verdüstern und zurechtzuspitzen. Er ist ein Buch der heiteren Ehrfurcht. Er ändert nicht, was gut ist. Er ist das himmelweite Gewölbe des Geistes, in dem der Haushalt der Erde noch immer weitergeführt wird und trotz Irrtum, Kampf und Verfälschung gleichsam dennoch ruht. Er weist den vulkanischen Geist, der sich des Menschenwesens zu bemächtigen droht, zurück und preist die neptunische Entfaltung, wie sie alles umfassend, fruchtbar, folgerecht, notwendig, willkürlos und trotzdem ernst und übermenschlich besonnen das Leben gründet und dauerhaft erhält.

Wie aber war die hohe Überzeugung deutlich zu machen, zumal da sie, in Übereinstimmung der Mittel mit der Absicht, nicht zum mythischen Epos, zum religiösen Drama, sondern diesmal zu kurzem Lied und Spruche drängte? Eben mit der Durchdringung der späten Zeit mit früheren, entlegener irdischer Breiten mit gegenwärtigen. Dann bestätigten sich alle Elemente der Natur und der Seele durch ihre Identität hier und dort und ließen sich noch in den zufälligen Spielformen ihrer Erscheinung hüben und drüben entdecken. Dann vertiefte sich der selbstgenügsame Schein zum lichtabhängigen Abglanz. Nach eigenem Bekenntnis beseitigte Goethe die Welt, um die Welt an sich zu ziehen.

Die Nötigung, auf die besondere Weise des Divans das Universum einzuatmen und auszuatmen, scheint ihm, wenn man flüchtig sein Leben während der Entstehungsjahre der neuen Gedichtsammlung betrachtet, ganz wider seine Anlage als ein vulkanischer Überfall gekommen zu sein. Er lernt im Frühjahr 1813 die Hafisübersetzung von Josef von Hammer-Purgstall kennen, und bald bricht ein Sturm von Versen in ihm los, zwei, drei und mehr Gedichte an einem Tage, unterwegs auf der Reise, im Gasthaus, zwischen Gesprächen und anderen Beschäftigungen. Die Daten sind erhalten, die Orte, an denen er sich gerade befand, nachweisbar, Anregungen wieder herzustellen, Modelle, wie zum Beispiel der junge Sohn des Professors Paulus für den Schenken im Saki-Nameh, wiederzuerkennen. Seine Tagebücher, Briefe und die Abhandlungen und Noten zum Divan und sonstige Aufzeichnungen nennen weitere Lektüre östlicher Dinge. Aus den Arbeiten heutiger Gelehrter lassen sie sich bequem zusammenstellen. Er lernte den Koran und anderes in den »Fundgruben des Orients« kennen, etwa den Mystiker Ferideddin Attar, übersetzt von Silvestre de Sacy, las die Schriften von Diez, so dessen Übertragung des »Buches des Kabus«. Er kannte durch Hartmann Dschamis' »Medschnun und Leila«, durch Hammer den Schirin. Er las, was Abbé Toderini über die Literatur der Türken berichtete und Klaproth über eine Reise in den Kaukasus und nach Georgien in den Jahren 1807 und 1808. Er trieb chinesische Studien und durchdrang sich mit der sufischen Mystik in Philosophie und Literatur. Er machte sich mit den Schriften des Olearius vertraut, so dem »Gulistan« von Saadi (1660), dem »Persianischer Rosenthal« von 1654, den »Collegierten Reisebeschreibungen« von 1696. Die »Voyage en Perse«, die Chardie 1735 veröffentlicht hatte, gab Augenzeugnis hinzu. Doch schon die breite Fülle der Büchertitel erweist, daß ihm der Orient nicht in vulkanischer, sondern neptunischer Enthüllung bekannt wurde. Und wenn wir uns weiter auf sein Lernen und Streben aufmerksam machen lassen, erkennen wir: das Morgenland erwuchs seit seiner Kindheit mit ihm. Er hatte in ihm die Augen fast zur gleichen Zeit aufgeschlagen wie in der anderen, nördlichen Heimat. Die Bibel war ihm von früh auf vertraut. Er hatte sich an einem »Joseph« versucht, »zwo biblische Fragen« behandelt, den Aufsatz »Israel in der Wüste« geschrieben, das »Hohelied« übersetzt, den »Mahomet«, die »Parabeln« gedichtet. Herder wies ihn vielfach unmittelbar gegen Morgen, Friedrich Schlegel belehrte ihn über Sprache und Weisheit der Inder, er interessierte sich für die »Sakuntala«, er las Ölsners »Mohamed«, Napoleons Feldzug rückte Ägypten näher, Marco Polo das alte China, es ist kein Ende. Um den engeren Kreis der Quellen legen sich immer weitere. Die zwischen Aufgang und Untergang vermittelnden Geister treten hervor, Plato, Heraklit, Plotinus. Das Verständnis für die Talismane mochten seine antiken Gemmen und Kameen verstärken, welche er seit seiner italienischen Reise sammelte und erforschte. Sodann mußte ihm Abgeleitetes dienen, seine Kenntnis der frühchristlichen Kirchen- und Ketzergeschichten, alte Kirchenlieder, wie jenes im Divan anklingende »man trägt eins nach den andern hin«, Sprichwörtersammlungen wie die von Agricola, Gruterus, Lassenius, Schellhorn.

Zu erschöpfen ist der Zustrom des Divanmateriales kaum. An dem napoleonischen Wirrwarr interessierte ihn vielleicht die auffällige Parallele zu den Kriegszügen des Timur am meisten, ja vielleicht interessierten ihn am meisten die Baschkiren, die, mit den russischen Truppen nach Deutschland verschlagen, in Weimar einen mohammedanischen Gottesdienst begingen. Aber auch etwa sein Entzücken an der schönen jungen Kaiserin Maria Ludovika von Österreich ist eine Divanquelle, wie viele mit seinen gleichzeitigen Briefberichten übereinstimmende Verse beweisen.

Doch genug der Namen und Daten. »Wer sich von dreitausend Jahren nicht weiß Rechenschaft zu geben –!« Die Belege der Rechenschaft sind von der Kommentatoren, Goethe voran, gesammelt worden, die Rechenschaft selbst in ihrem Gelingen, ihrem Zauber und ihrer Klarheit bleibt geheimnisvoll. Doch unsere Augen sind geblendet, wenn sie die Zurüstungen zum Divan plötzlich beisammen erblicken. Zugerüstet wurde von früh auf das Gesamtwerk Goethes, und in gewissen Entscheidungsjahren sonderten sich die Sphären nur voneinander, wurden aber nicht da erst geschaffen. Sie entschwebten der gemeinsamen Natur wie einst die Planeten der Sonne, und das gleiche Licht blieb ruhend auf ihnen und erzog die verschiedenartigen Geschöpfe ihres

Wachstums. Goethe hatte, ohne daß es ihm bewußt werden konnte, schon in grüner Jugend auch den Divan begonnen, ebenso wie er ihn nicht vollendet hatte, als er ihn vorläufig drucken ließ, und selbst nicht, als er starb. Nur war in den letzten Jahren 1814/15 die überpersönliche Natur in ihm, die diese Gedichte wollte, mit seiner Persönlichkeit übereingekommen und kongruent geworden. Da gehörte ihm genau, was bisher anderen gehört hatte. Sie hatten ihre Arbeit nun auch als die seine geleistet. Das Wandern der religiösen, philosophischen, poetischen Gedanken hin und her von Okzident zu Orient und von Orient zu Okzident, durch Jahrhunderte, die Geschiebe, die Schichtungen, – es hatte sich nun in seinem Geiste vollzogen. In den tragfähigen Grundgefühlen, in den konstruktiven Hauptgedanken war draußen und drinnen kein Unterschied mehr. Die Natur seiner Persönlichkeit und die Natur des zoroastrischen, griechischen, mohammedanischen, christlichen Kulturkreises deckten sich. Hafis und Goethe waren Brüder, Jesus und Mohammed waren es, auch Hafis und Hutten, im Kampfe, dieser gegen braune, jener gegen die blauen Kutten seiner Sekte, und als dritter wiederum Goethe im Kampfe gegen die »Mönchlein ohne Kapp' und Kutt'«. Auf seiner neuen Hedschra brauchte er sich physisch nicht weit von der Stelle zu rühren, wie auf der ersten nach Italien. Damals flog er nach einer Richtung, diesmal in alle Dimensionen. In seiner eigenen Verjüngung tauchte die Welt verjüngt auf. Sie ist zu voll und schwer und vielgestaltig, um am leidenschaftlich beflügelten Worte Genüge zu haben. Genießt sie sich selbst in ihrer Erfrischung, eine stille ungestörte Schöpfung, so fühlt der Dichter gleichwohl »Frühlingshauch und Sonnenbrand«. Seine bittere Ungeduld gegen das Verkehrte und Abstruse schweigt nur. Sie vernachlässigt es, indem sie sich ins Positive der Gestalt wendet. Mit Lächeln und Güte geht er hier an dem vorüber, was er auch mit unheimlicher Richterstimme treffen konnte. Als Greis weist er vor Eckermann zornig die Zumutung zurück, daß er glauben solle, eins sei drei und drei sei eins. Im Divan schilt er das Kreuz am Halse der Geliebten zwar eine »moderne Narrheit« und sagt: »mir willst du zum Gotte machen solch ein Jammerbild am Holze«, gibt aber auch ruhig seine Wahrheit: »Jesus fühlte rein und dachte Nur den Einen Gott im stillen; Wer ihn selbst zum Gotte machte, Kränkte seinen heil'gen Willen.« Als Greis 1829 erklärt er hart dem Kanzler v. Müller: »Ich bin nicht so alt geworden, um mich um die Weltgeschichte zu bekümmern, die das Absurdeste ist, was es gibt; ob dieser oder jener stirbt, dieses oder jenes Volk untergeht, ist mir einerlei; ich wäre ein Tor, mich darum zu bekümmern.« Sein Amt ist, sich um das Leben zu bekümmern. Seine Politik kehrt sich vom Abnormen und Extremen. Er bedarf nicht des Weltenspiegels Alexanders, der nur ein paar stille Völker zeigt, die Alexander mit anderen rütteln möchte; sein Weltenspiegel zeigt, was er sich eigen sang. Die explosiven Patrioten sind ihm meist zuwider, und sogar gegen den Freiherrn vom Stein zeigt er sich während der Divanzeit reizbar. Erst die innere Befreiung kann wahre Freiheit bringen. Ist ein Volk dumpf, so werden seine lichteren Führer ihm nicht nützen. »Wenn man auch nach Mekka triebe Christus' Esel, würd' er nicht Dadurch besser abgericht. Sondern stets ein Esel bliebe.«

Überall vertreibt er die Verdüsterung und Verqualmung, überall, wo eine Flamme ist, wartet er ab, bis sie sich vom Rauche reinigt. Die Flamme ist ihm immer ein Abbild göttlichen Lichtes, als Feuer, Begeisterung, Rausch, Liebe, – die Flamme, nicht der Sturm, der brandstiftende, auslöschende. Er lebte in einer »schaureichen« Epoche. Wo soviel zu gleicher Zeit lebendig war, konnte ihm das Daherbrausen nichts frommen, sondern nur das Erglänzen. Wie leidenschaftlich sich das westöstliche Weltgebäude in ihm erleuchtete, das ermessen wir vielleicht an der Mitteilung Mariannes, daß ihm beim Lesen seiner Gedichte nicht selten die Tränen in die Augen traten.

Was in den Gedichten steht, drückt sich für alle mögliche Wiederkehr gleichmäßig gültig aus. Im engen Bezirk scheint es zuweilen nur flüchtige Aufbewahrung eines Einfalls oder einer

Anregung zu sein, im weiteren zeigt es sich allseitig durch tiefsinnige Beziehungen verknüpft. Goethe übertreibt nicht und überrascht selten. Er braucht sich nicht zu erregen, wenn er in einer neuen Erfindung eben ans Ziel langer innerer und äußerer Wege gekommen ist. Die Erfindung ist nicht erfunden, sie bedeutet sich nur selbst, eins und alles, nicht bloß ein Zweifaches oder Mehrfaches. Das Einzelne darf ruhiger sein als in Goethes Jugend, denn es hat jetzt mehr Welt um sich als vormals. Aber wie groß ist das Alter des Dichters nun, da das Vielhundertjährige und das ewig Jugendliche in ihm beisammen haust? Aus dem Geiste, der die Fülle hat, besitzt er alle Lebensalter zugleich. Im Schenkenbuche, dramatisch geteilt, scheint er sowohl älter wie jünger, als er ist. In den Betrachtungsbüchern hat er, nach den dort niedergelegten Proben zu schließen, mehr Maximen hinter sich gebracht, als eine reale Lebenserfahrung zuläßt, und so darf er in die Verklärung des Paradiesesbuches eintreten. In den Liebesbüchern ist sein Alter geringer, als die Wirklichkeit es will. Und nur im Buche des Sängers, dem Reisebuche, besteht volle Übereinstimmung zwischen dem fahrenden Kaufmann aus Morgenland und dem fahrenden Dichter Goethe. Die Stunden und Augenblicke der Dichtung zielen nicht in das private Leben zurück, aus denen sie ihren Stoff nahmen, sondern sie verweben sich dem kunstgewordenen Leben des Werkes.

Dieses hebt den Gewinn aus den langsamen Zeiten in eine gemeinsame Zeit. Sie zählt nicht nach Sekunden, sondern nach Pulsen. Dasein ist der geographischen Herkunft übergeordnet, Wirklichkeit der chronologischen. Darum verwirrt das Vielerlei nicht. Das Westöstliche ist ein unzerteilbarer Begriff geworden. Außer vielen Namen des Morgenlandes sind Aurora, Helios, Hesperus, Iris erwähnt, das Schweißtuch der heiligen Veronika, aber hinter den Namen stehen Dinge, Menschen, Helden und Götter von heute und immer. Mit dem kalten Geschmacke geprüft, mag die Nennung der Wesen mit so vielsprachigen Namen bisweilen stillos wirken. Aber der Name ist Schall und Rauch: »gegraben steht das Wort, du denkst es kaum«. Es ist schwer, die bildnerische und gefühlsmäßige Einheit eines Gedichtes wie »Laßt mich weinen! umschränkt von Nacht in unendlicher Wüste« zu verlassen, um festzustellen, daß seine Vorstellungen aus verschiedenen Richtungen zusammenstoßen; Wüste, Kamele, Treiber, Armenier, Staub die eine Gruppe, Achill, Briseis, Xerxes, Alexander die andere. Alles war einmal und ist wieder mit dem gleichen Verantwortungsgefühl von dem Dichter umfaßt worden, – das eint es. Die Betrachtung jedes Dinges hat alle Grade von der Nüchternheit bis zum Überschwang durchlaufen, so wurde es durch unddurch zum Eigentum dieser Betrachtung. Goethe unterscheidet nicht Gegenstände und Ideen zum lästigen Hausgebrauch, zur festlichen Repräsentation und zum poetischen Traum. Sind sie nicht in dem einen Bezirke gerecht, so auch nicht in dem anderen. Seine Einbildungskraft verläßt niemals die Grenzen der Erfahrung, sie schleppt in der Tat immer die Weltkugel mit sich. Wenn er dichtend des alten Meeres Muscheln im Stein suchte, so tat er es in denselben Wochen als Geolog wirklich. Wenn er von der grünen und augerquicklichen Farbe des Smaragds redet, so liegt sein Wissen darum zugrunde, daß der Smaragd nach alter Überlieferung Heilkraft für die Augen besitzt (was er auch anderweitig erwähnt). Der Liebesbote Hudhud, der Wiedehopf, beruht auf dem Vorgange des Hafis. So ist es überall. Man müßte sein Verfahren übervorsichtig und prosaisch nennen, wenn das Wunder des Geistes ausbliebe. Es geschieht; und der Bogen zwischen der praktischen Realität und der platonischen Idee hat nun die weiteste Spannung, die denkbar ist, und ruht auf den beiden sichersten Pfeilern. So zitiert er seinen Hafis und andere Vorbilder oft nahezu wörtlich nach den schlechten ihm handgerechten Übersetzungen, und wenn zwei Dolmetscher sich um die Richtigkeit streiten, so zitiert er einmal gar beide. »Wer kann gebieten den Vögeln still zu sein auf der Flur?« Das war einmal Hafis, dann wurde es Hammer, und nun ist es auch Goethe, ohne daß den andern ihr Eigentum geraubt wurde. Mehr noch: Marianne von Willemers schöne Beiträge im Divan sind ganz ihr geistiger

Besitz, aber sie sind auch eine Emanation Goethes. Seine geistige Aura hatte sie, die vorher nur Gelegenheitsreime gemacht hatte, in sich gerissen, sie war gleichsam magisch geschlagen und mußte zur Antwortdichterin in seinem westöstlichen Tone werden.In die magische Welt des Divanbuches wird der Leser durch keinerlei künstlichen Aufwand gezogen. Das Klima der sprachlichen Form durchläuft alle Jahreszeiten, und aus der Vollständigkeit ergibt sich eine wunderbare und so geräumige Einfalt, daß die ungeheuren Weltschichten darin einwachsen und ruhen. Goethe wollte sich nirgends einspinnen. Er bliebe immer bereit, einen artistischen Scheinkosmos, der nur Stil wäre, zu zerbrechen, wenn er überhaupt in eine solche Gefahr käme. Es liegt ihm auch nichts daran, andere einzuspinnen mit einem der Netze, in denen sich das Gemüt des Zuhörers so gern und leicht fortziehen läßt, sei es dem der Ironie, der Sentimentalität oder des genialischen Haudegentums. Die Magie atmet aus dem Ganzen her, und nur, wer des Ganzen gewärtig bleibt, wird vom vollen Atem des Einzelnen bestrichen. Es mehren sich die Gedichte, die den Hochmütigen durch eine ihm nicht genehme Schlichtheit und Simplizität vexieren, und es mehren sich die Gedichte, die durch einmaliges Lesen und Hören nicht zu fassen sind, ohne daß es die Schuld des Autors wäre; sind sie dann jedoch erfaßt, so leben sie als der einfachste Ausdruck ihrer selbst weiter, »Selige Sehnsucht«, »Wiederfinden« und ähnliche. Prosaische, kalte Wörter vervollständigen auch in seiner Sprache den Bestand an Wirklichkeit. Sie sind nicht von ihrem Orte zu pflücken und nach ihrem Lexikonwerte zu wägen. Aus den Wörtern als Wörtern soll gar nicht Gefühl rinnen, sondern Empfindung von Zeiten und Räumen, Farbabständen, Festigkeitsunterschieden. Dabei geschieht es wohl, daß die Sprache sich aller Rücksicht auf das Normale entäußert. Sie ist manchmal gepreßt, manchmal gelassen, alt und jung, wie der Autor und seine Welt, nicht nachlässig, aber schöpferisch zulässig. Sie ist unschuldig, weder asketisch-fanatisch noch übermütig. Goethe übersetzt nicht aus dem Persischen und nicht ins Schriftdeutsche, sondern er spricht, wie aus vielen Reimen erkennbar wird, sich selbst: den süddeutschen Frankfurter. Dergleichen Reime sind in dem über den Dialekten schwebenden Normaldeutsch unrein, süddeutsch gehört jedoch rein. Am Klargefühl der Persönlichkeit nimmt alles teil.

Unsere Empfindung der formalen Geschlossenheit ist so groß, daß wir sie nur mit Anstrengung uns gesprengt vorstellen können. Wir tun es einen Augenblick lang, um ihre mannigfaltigen Elemente gewahr zu werden. Was drängt sich dann alles nebeneinander! Wir finden Fremdwörter wie: Insulte, Grammatik, rhetorisch, deklinieren, konversieren; wir finden ein dem Englischen des Shakespeare nachgebildetes Wort »bewhelmen«, das etwa »überwölbend bedecken« ausdrückt, oder ein anderes anglisierend nachmalendes Wort »Kriegestunder«. Wir sehen Goethe in ältere Zeiten, in entlegene Landschaften der Sprache zurückschweifen. Er sagt »kütten« für »kitten«, er spricht von der »Sehe« des Auges, er braucht die mittelhochdeutsche Form »betriegen« für »betrügen«, die freilich bis zum Ende des vorigen Jahrhunderts vielfach verwandt wurde. Sodann bringt er Neubildungen wie »Schlechtnis« und »liebeviel«. Fachausdrucke aus Sondergebieten des Lebens siedelt er in seiner Dichtung an, wenn sie ihm Farbe, Kürze, Schärfe zu bieten haben. Statt »o du mein Lichtbringer!« sagt er »o du mein Phosphor!«, der Kartenspielerausdruck »passen« kommt ihm einmal für »verzichten« gelegen. Der durch und durch schauende Gestalter, vor dem der Keim des Wortes offen zutage liegt, so daß es vor ihm noch einmal alle Stadien durchläuft bis zur Gegenwart, einer Gegenwart in sinnlicher Jugend und Frische, zeigt sich in Bildungen wie »umgelost«, »Händeln« für Händel haben und ausfechten, »bedünkeln« zu Dünkel, »musterhaft« in der Bedeutung von »beispielhaft«. Erstreift die abstrahierende Selbstvergeßlichkeit der Sprache ab, wenn er statt Geruch und Geschmack »Ruch« und »Schmack« setzt. Umgekehrt läßt er das Lautbild sich nicht nur von innen beschauen, sondern auch nach außen treiben und quellen: die Geliebte wird angeredet »Allschöngewachsene, Allschmeichelhafte, Allspielende, Allmannigfaltige«. Doch die ungewaltsame Naturgewalt der Rede offenbart sich erst dann, wenn man sie nicht einsiedlerisch – und dann vielleicht zuweilen wunderlich, selbstbewahrend, artistenstolz – der Pflege des Einzelnen zugekehrt denkt, sondern wenn man sie als Rede nimmt. Dann öffnet sie alle Dimensionen des Geistes im farbigen Abglanz der Sinne. Fern davon, bloß Gedanken, Gefühle, Bewegungen mitzuteilen, gibt sie dem Auge, dem Ohre, im raschen prägnanten Zugriff dem Getast und auch den schwerer vom Bewußtsein zu kontrollierenden, willkürlicher reagierenden Sinnen ihr Fest. Darf man die Ausdrucksweise vieler anderer Dichter, nach einer Grundformel suchend, als die Weise von Geistes- oder Augen- oder Ohrenmenschen bezeichnen, so ist das bei Goethe und sonderlich bei dem Goethe des westöstlichen Divans nicht möglich. Seine Rede spiegelt die Form seiner Persönlichkeit und zugleich die Form einer dreitausendjährigen Welt. Während er spricht, sprechen alte Kulturen mit ihm, wie sie ihn gebildet, sich in ihm gemischt und geklärt haben. Natürlich ist hier das Gegenteil eines Vermittelns von Kultur *inhalten* gemeint: sonst würde ja nach ihrem Maße das durchaus Selbständige und Einmalige der Persönlichkeit verdrängt und aufgehoben sein. Auch sprachlich genommen, ist ein Griechenland, ein Morgenland, ein Welschland und Deutschland, das es nicht gab und gibt, durch Goethe dennoch da. Zu Sulpiz Boisserée äußerte er am 3. August 1815: »Alles ist Metamorphose im Leben, bei den Pflanzen und bei den Tieren, bis zum Menschen, und bei diesem auch.« Ein anderes Mal bekennt er, aus den Formeln, die seit Jahrtausenden das Tiefste in den Menschengeschlechtern sind und Zauberkraft über Kulturen und Einzelne ausgeübt haben, könne man eine Art Alphabet des Weltgeistes zusammensetzen. Mit diesem Alphabet schreibt er. Seine Buchstaben sind das, was die Metamorphose bewirkt. Aber damit nun das Gedicht nicht »für lauter rationellem und spirituellem Gas« wie ein Luftballon in die Lüfte gehe, ist es seiner Sprache erlaubt und erwünscht, zufällige Realitäten der östlichen oder westlichen Überlieferung oder des eigenen privaten Erlebnisses zu benutzen, und sie muß deshalb trotzdem nicht aufhören, Idiom des Weltgeistes zu bleiben, – auch im Technischen der Verse, im Syntaktischen der Sätze. Ganz individuelle Schroffheiten des alternden Goethe prägen seine Statur und sind zugleich vielleicht auch eine typische Denkbewegung toter fremder Völker. Es ist nicht bloß eine lässige Manier, wenn er des öfteren das Ich und das Du ausläßt – »bin erbötig«, »wenn bewunderst«. Ebensowenig ist es Absicht oder gar Tiefsinn. »Die Seel' zur Seele fliehend«, – das ist ein fertiger Satz; »dem ihr sonst Schlafendem vorüberzogt«, – »jetzo glänz' ich meiner Stelle« – es findet sich ein, es wurde nur als Geist gerufen, aber auch nicht, als es im Wort erschien, erschrocken abgewiesen. Dergleichen Schroffes rüttelt uns, macht uns aufmerksam und läßt uns fragen: von wannen kam es? Doch auch das Liebliche und Stille zwingt gewiß oft genug geheimnisvoll und unnachweisbar viele typische Formen menschlichen Anschauens zum Klang, während es nur höchst persönliches Glück, höchst persönliche Not scheint. Manches ist leicht zu fassen in seinem doppelten, dreifachen oder vielfachen Hall. »Wenn der Hörer ein Schiefohr ist« – das ist orientalische Prägung, zeitgenössische Polemik, Goethes freundliche Wärme vor jeder Erscheinung! etwas Salziges, Bitteres und Süßes ist in der Zeile gleichsam zur Einheit geworden. Reiche Reimklänge wie »überall an – Schall an, Lauf stört – aufhört, Erzklang – Herz bang« oder »Kaum daß ich dich wieder habe. Dich mit Kuß und Liedern habe« sind mindestens eine Vierheit: morgenländischer Geist, morgenländischer Klang, deutscher Geist, deutscher Klang. Bei den dichterischen Nachfolgern Goethes wurde das dann als Nachahmung gewöhnlich einfach: Kenntnis und Verwertung der Kenntnis; Rückert, Platen, im Witzigen Heine. In Goethe tun sich die Kulturen auf, ohne daß man ihn Hand anlegen sieht, sie bleiben Gesicht, Gehör, Eigenenergie. Bei den anderen ist das Handanlegen das erste, ein kritisches Auge fällt auf sie, ein fremdes Ohr verhört sie. Sie können dabei richtiger und spezieller gepackt werden, denn sie sind geistige Provinzen nur in einem Menschen, nicht mehr in einem Kosmos. Uns überläuft oft ein Schauer, wenn wir Verse Goethes nach ihren verschiedenen Heimatländern antwortlos befragen. »Ein Ast, der schaukelnd wallet« – «Die Perlen (der Tränen) wollen sich gestalten. Denn jede nahm sein Bildnis auf« – »Fingerab in Wasserklüfte« – »Wenn nun Bassora noch das Letzte, Gewürz und Weihrauch beigetan« –. Es soll kein Versuch unternommen werden, hellenische Klarheit, patriarchalische Stärke und mystische Ruhe der Juden, Araber, Perser, romantischen Drang der Westvölker in dergleichen Akkorden aufzuspüren, denn die dem allen wahlverwandte Natur Goethes wirkt ja gerade aus ihrer eigenen Mitte heraus. Nur darauf sei wieder und wieder hingewiesen, daß seine Phantasie viel breiter und tiefer in die Wirklichkeit reicht und sich aus Wirklichkeiten regt, als aus seinen Worten zu entnehmen nötig und ratsam ist. Wer, selber wirklichkeitsarm und der Lebenstyrannei eines nur geistreichen Willens unterstellt, dies vergißt, stutzt vor Dunkelheiten und Kompliziertheiten im Werke Goethes, die in Wahrheit meist nicht dichter und verfänglicher an den verrufenen Stellen sind als an den lichten und gangbaren. »Dort, im Reinen und im Rechten, Will ich menschlichen Geschlechten In des Ursprungs Tiefe dringen, Wo sie noch von Gott empfingen Himmelslehr' in Erdesprachen Und sich nicht den Kopf zerbrachen.«